TATSUYA KINOSHITA HARUKA SUZUKI

木下龍也　鈴木晴香

荻窪メリーゴーランド

OGIKUBO MERRY-GO-ROUND

太田出版

荻窪
メリー
ゴーランド

鈴木晴香
木下龍也

目次

く ち づ け る

と は

渡 し あ う こ と

君を撮るためのカメラがあたたまる太腿のうえ　海まで遠い

まぶたまで夏のひかりはしみとおりきみはるるぶでひさしをつくる

海よりも近くに君がいる夏は海を見ようとするだけでいい

「いつか海辺に住みたい」に「ね」を添えてふたりの夢をひとつ増やした

ここが窓、ここが玄関。砂浜の上のすみかで花火を待った

はみがきのまえにもできるキスとして（花火）マスクでマスクにふれる

（ひらくたび）ふたりふざけて切り合った髪の先端から火の匂い

ぼくの肩を頭置き場にしてきみは斜めの夜をご覧ください

はなびらを地球に落とさないように花火、消えてもまだそこにある

参列者めいたぼくらが砂浜で見上げる月は喪主めいている

きみが見た夜がわたしのものになるくちづけるとは渡しあうこと

おんぶして位置情報を重ね合いながらふわふわコンビニへゆく

火をつけてしまう以前の眩しさの去年から置き去りの手花火

湘南はきみを何回見たことがあるのだろうか　火が照らす膝

ふたりとも黙ってしまうそのあいだ海が喋っていてくれるから

帰りたくない、を書き足したくなるよ改札前のきみの台詞に

〈永遠〉で

終わらせる

しりとり

待ち合わせには早すぎる改札で後ろから君が抱きしめてくる

会ってすぐ次に会う約束をしてそれでも足りないような気がした

文字だけじゃ足りなくなって抱きしめるだけじゃ足りなくなって秋雨

会っているあいだは途切れるからまだＬＩＮＥは会えたことを知らない

紀伊國屋書店の二階から見えるメリーゴーランドを傘と呼ぶ

私だけ結末を知っている本のどこまで話してしまえばいいの

ずぶ濡れのままめくれない見開きのようにきみとは離れたくない

必要になればいつかのページから呼ばれる栞でもぼくはいい

星を見るための扉をひらくとき君のひらいたままの両耳

一年の夜空すべてを見届けて〈永遠〉で終わらせるしりとり

〈永遠〉の続きをふたり「ん」と漏らしながら吐息で考える夜

あたたかい星に復路の燃料をうなづきながらぶちまけ終わる

この星の外に出てしまわないよう繋いでおいたくちびるだった

約束をするから怖くなる夜に選んだのはいちばん細い指

守れなかったものだけがひかるなら月はだれとの約束だろう

（きみ／ぼく）がいつ芽生えてきてもいいように予定を白いままにして（おく／おけ）

恋に

埋もれて

うつむいている

クリスマス前夜の前夜　ここはまだ神様のいなかった世界で

きみの降臨を控えたぼくの部屋だから壁にも撃つファブリーズ

更新してシャットダウンの真夜中の窓からきみの街を見ていた

誰にでも尾を振るスマートフォンだった。恋人かと思えば上司から

ただ寒いだけの冬から連れてきたコートにきみを覚えさせたい

「ついたよ」も「どこ？」も未読でたくさんの恋に埋もれてうつむいている

待つというメリーゴーランドをひとりひとりが降りてゆくのにひとり

ぼくたちのはずだったのにフレンチの窓辺で笑うだれかとだれか

虚しいという感情は感情のなかでもっとも雪に似ている

会議室Cの灯りを消したとき雪だったことにはじめて気づく

半額のケーキに向かってごめんって、言っても遅いのはわかってる

終わろうとしている夜を引き止めるための涙がこの世に落ちた

「だ」と打ってまた「だ」と打てば「大丈夫だよ」がつくれてそれを送った

やがて心を剝き出しにする夜が来るの　神様ならもういない

会いたいというより居たいと思う冬どちらが先に眠ってもいい

ねえスーモ、毛づくろいしてあげるから同棲にいい部屋を教えて

きみの

この世の

まぶたを舐めた

柔らかさ。それだけで選ぶ家具があり並んで座ってみる日曜日

カブリエル。ＩＫＥＡのサメにきみが名を与えるガブリ（噛むからね）エル

無印で買うバスタオル　包み込むときには君のかたちに変わる

音楽も香りも売っている場所で声も匂いもほしい、と思う

だらしなくフローリングに倒れこむきみが新居の最後のピース

本棚にふたりの過去を並べれば『海辺のカフカ』上上と下下

きみの目の中を泳いでゆく夜に近すぎたらみえないってほんとう？

月光に下着の箱が照らされて開封の儀は中断される

言葉まで脱いでしまったようだったふたり名前だけを呼び合って

脱がすときわずかに腰をベッドから浮かせてくれるやさしさが好き

こぼれたら転がる果物が好きで真冬しずかにうつ伏せになる

まっすぐな背筋に覆いかぶさればぼくの猫背もまっすぐになる

夢で会う必要はもうなくなってきみのこの世のまぶたを舐めた

キーホルダーまだ付いてない鍵だから飲み込んでしまいたくなる今朝も

顔文字じゃなくてはじめて顔で見る「いってきます」がいとおしい朝

ふたりからさんにんになるときにまたスーモ、話を聞いておくれよ

夜が

ぼくらに

手こずっている

きみの目とトイプードルの目が合ってその交点にある硝子窓

見るだけのつもりのペットショップからいのちをひとつ抱いて帰る

ゆびをなめられてよろこぶ表情をはじめてとおくとおくから見た

浴室で子犬を洗っている腕に落ちてくる袖まくってあげる

人間に尾のないことを確かめるためにふたりで洗い合ったり、

閉じるべきまぶたが二枚増えてから夜がぼくらに手こずっている

あぐらとはペットを股でねむらせるために続いてきた座り方

もう寝た？って、 囁くたびに延びてゆく夜をまた思い出せますように

引っ越しのお祝いを口実にしておそらく母はきみに会いたい

正装をして母を待つ恋人の恋人であるぼくはパーカー

はじめましてじゃないみたい　きみというより私に似ているきみの母

お辞儀するきみを無視して母さんがぼくに渡してくる萩の月

「広いわね」「まあふたりだとちょうどだよ」「そっか、子猫も家族だもんね」

３１８０グラムを産んだ日を未来の話みたいに聞いた

お母さんと呼ぶのはすこしこそばゆくマルセイバターサンドこぼれる

「恋人はいないの？」「なんで？いるじゃんか！？そこに！！！」と指せば母が泣き出す

き み に は

ぼ く を

生 き て ほ し く て

奇数では割れないピザのどの味も一枚ずつ余っている月夜

母を追いきみも子猫も駆け出してひとりで剝いている萩の月

缶ビール潰せばベッドに逃げてゆく子犬、こいぬという名にしよう。

「いる人が見えない　病気」こんなとき（にも／こそ）ぼくはＧｏｏｇｌｅに訊く

こねこって名前もいいって笑いつつきみの切るサランラップ長すぎ

肉じゃがの具材を具材のまま抱きしめてちりちり鳴くレジ袋

午前0時　眠ってたのにくちづけてきて誕生日おめでとうって

おめでとうではなくどこにいるのって送った午前０時から雨

四桁の西暦のある朝生まれ四桁の西暦まで生きる

生きてさえいればいいとは思えない　きみにはぼくを生きてほしくて

暮らしてるふたりが外で待ち合わせするときの会いたさ、迷子みたい

出てみれば図太い声でそれが父だとわかるまで聞いちゃっていた

なんとなく指輪はひとつもつけないでゆく荻窪駅東改札

ぐちゃぐちゃにされた小箱の隙間から朝を見ているＬＯＥＷＥの財布

ハチ公の見つけやすさに飽きていてスクランブル交差点の中へ

死んでないなら許せない未読無視ごとポケットに入れて渋谷へ

皮膚のぶん

だけ

遠いと思う

青になるたびに渡ればかつてこの交差点が海だった日のこと

宮益坂道玄坂にふる雨も約束もここに帰ろうとする

待つだけじゃだめなんだよ、とささやいてハチの代わりに狩りを始める

まっすぐに歩くと決意するだけで他者はたいてい避けてくれるね

いる場所をリアルタイムにつぶやいてそういうばかなところも好きだ

人波の海岸線を監視している信号もぼくも血まなこ

君だけが止まって見える雑踏で好きだって言い飽きたりしない

手袋を外してから手を繋いでも皮膚のぶんだけ遠いと思う

消えないで赤く灯っているままの皆既月蝕、ちがう、両目だ

いた、髪の色も長さもちがうけど、きみ、いた、きみ、の、となり、だれ、これ

お揃いでつけていたキーホルダーのスーモまだひとりで生きていた

「ひさしぶり」ではないじゃんかずっといたじゃんかきのうもキスしたじゃんか

恋人のときとおんなじ呼び方でわたしを呼ぶのもうやめにして

ふれようとした手をだれかわからない奴に払われ夢かと思う

三人が同じネオンを浴びているその明滅の滅が光った

クラクションまみれのぼくらもう終わりなんだねごめん、ひかれ、包丁

恋愛は

羽で

数えよ

——2年前

いつどこで無くしたのかわからないもののリストに赤い財布加わる

赤色のベンチがまれに産み落とす卵のように財布はあった

失われたのは私の方だから遺失届は空欄のまま

交番を出てきたきみがぼくを見ておまわりさんを見てぼくを見る

ありがとうを言うためだけにカフェにきてありがとうからもう3時間

伝票にふれている手にぼくの手を重ねて明日を変えてみたいよ

もしここで出会えなければもう一度わたしは財布を無くしただろう

きみといるだけで世界は生きたまま目視可能な天国となる

恋愛は羽で数えよ井の頭公園に百羽のスワンたち

「恋人はいますか？」なんて言えなくて代わりに訊いた「また会えますか？」

したいことリストが増えてゆく春のたとえばふたりきりの読書会

「ごめんいま38度」「うつりたい」「だめ」「意気地なし」「だめです」「うつせ」

心にも体温計を挿したくてやっぱり触れてみなくちゃだめだ

まだ手すらつないでいないのにきみのおでこがぼくのでこにくっつく

熱っぽいきみに朗読してあげる『海辺のカフカ』下の途中から

名付けないままで進める強さなどなくてぼくらは恋人になる

妖精に

生まれ変わるのはきみ

だろう

長いのが似合うといって鼻先を髪の奥まで埋めてくれる

太腿に私を乗せて抱いたあと子猫のことも等しく抱いた

銀幕の前につがいを座らせて貞子がまずは井戸を這い出る

きみの目をぼくの小指できみが掻くぼくに読書を中断させて

音だけが後からついてくるようなビーチサンダル脱ぐ　ふたりきり

妖精に生まれ変わるのはきみだろう屋上への南京錠開けて

くちびるが首の傾斜を下るころもはや二人というより二頭

てのひらの痣は母にもあることをまどろむきみになぜか教えた

クリスピー・クリーム・ドーナツ六個入り肩寄せるたび傾いてしまう

地下をゆく電車にも窓はついていて、なくてもいい恋なんてなかった

どの恋もきみにやさしくあるための予習だったな　十の深爪

ぼくたちが兄妹である世界線なんてへし折るほど抱きしめる

匿名の誰かと誰かであった冬この駅はまだ工事中だった

渋谷スクランブル交差点のまんなかにふたりの墓を建てたい

正しくは渋谷駅前交差点また出会うみたいな待ち合わせ

カップルをゴールテープのように切りながらまっすぐ歩く青年

おそろいの

コップが

ひとつ欠けていて

上巻と下巻のあいだにもうひとつあるような気がしている海辺

交わっているのにもっとほしくってポニーテールをしっかりつかむ

乱数のように抱かれる夜ばかり初期パスワードを使っているの？

トリンドル玲奈をきみにすり替えて今朝みた海の夢を話した

寝るまえに必ずくれたおやすみが来ないから返さないそれだけ

愛が情へと変わりゆくその坂は上りだろうか下りだろうか

出て行ってしまった猫を探すのにコートを選んでいるなんてばか

約束をせずとも会えたはじまりのぼくらをぼくはうらやんでいる

おそろいのコップがひとつ欠けていて残ったほうをわざと落とした

泣く寿司のスタンプが来る　会えないと送って会いにゆく道すがら

本棚に村上がまた増えてゆく『コインロッカー・ベイビーズ』のほう

12階　先に降ろした匿名がきみのインターホンを鳴らす　は？

したいことリストのうちのいくつかを新しい躰に書き写す

逃げ込んだエレベーターの小窓から見えた玄関前のくちづけ

人間の目には見えない星々でいっぱいのこの夜が眩しい

きゅうきゅうしゃ？ちがう　けいさつ？ちがう　ただふるえるゆびでいっかいをおす

二度目の

はじめましてを

しよう

太陽を直接見てはいけないと言われてたのに包丁を、見た

届かないきみへの愛の先端にこの刃渡りを足して届ける

銀色を財布の色に塗り替えて二度目のはじめましてをしよう

荻窪と渋谷を結ぶ一本の路線は存在しない世界で

脳内で百箇所以上刺したのに想定外にきみがかわいい

新宿で乗り換えたとき七番線ホームも揺れていた気がするの

ほうちょうをほうように書き換えるため冷たい柄から両手をはなす

加害でも被害でもいい　恋よりも濃い関係がほしかっただけ

暗闇を奪うためには手のひらを降る雨にまず濡らさなければ

刃をわたるひかりが君と君を結び刺すことは刺されることだった

恋人の恋人（ぼくじゃないほう）のシャツにドットをつくる返り血

映画のよう　最前列で観ることは初めてだから目は開けたまま

夜の血に色はないのに血と雨が混ざるのを美しいと思った

脇腹が鋭利に熱いままの夜そうか退場するのはぼくか

走馬灯みたいなメリーゴーランド止まるのでなく消えてゆくだけ

サイレンで渋谷はメリーゴーランド　きみを残して降りたくないよ

エピローグ

君を撮るためのカメラがあたたまる太腿のうえ　海まで遠い

木下龍也

きのした・たつや。1988年生まれ。歌人。著書は『つむじ風、ここにあります』『きみを嫌いな奴はクズだよ』（ともに書肆侃侃房）、『天才による凡人のための短歌教室』『あなたのための短歌集』『オールアラウンドユー』（いずれもナナロク社）。また、共著に『玄関の覗き穴から差してくる光のように生まれたはずだ』『今日は誰にも愛されたかった』（ともにナナロク社）がある。

鈴木晴香

すずき・はるか。1982年東京都生まれ。歌人。慶應義塾大学文学部卒業。2011年、雑誌「ダ・ヴィンチ」『短歌ください』への投稿をきっかけに作歌を始める。歌集『夜にあやまってくれ』（書肆侃侃房）、『心がめあて』（左右社）。2019年パリ短歌イベント短歌賞にて在フランス日本国大使館賞受賞。塔短歌会編集委員。京都大学芸術と科学リエゾンライトユニット、『西瓜』所属。現代歌人集会理事。

本書は、Webマガジン『OHTABOOKSTAND』での連載（2022年7月～2023年6月）に加筆・修正を加えたものである。

荻窪メリーゴーランド

2023年9月1日第1版第1刷発行

著者　木下龍也・鈴木晴香
発行人　森山裕之
発行所　株式会社 太田出版
160-8571 東京都新宿区愛住町22
第3山田ビル4階
電話　03-3359-6262
Fax　03-3359-0040
HP　https://www.ohtabooks.com/

印刷・製本　株式会社 シナノ パブリッシングプレス

ISBN　978-4-7783-1886-4
C0092

装丁　名久井直子
編集　藤澤千春